孟樊截句

孟樊 著

截句
●
是二度創作最好玩的遊戲

4 行詩

我隨時隨地撫養了很多棄嬰，

後來它們卻一個個夭折，

成了我詩的墳墓──────

等待有朝一日石破天驚！

從堆積如山的
意象裡

我這隻寫作的怪手

一直挖掘不出
那一片

亮麗的黃金

【截句詩系第二輯總序】
「截句」

李瑞騰

　　上世紀的八十年代之初，我曾經寫過一本《水晶簾捲——絕句精華賞析》，挑選的絕句有七十餘首，注釋加賞析，前面並有一篇導言〈四行的內心世界〉，談絕句的基本構成：形象性、音樂性、意象性；論其四行的內心世界：感性的美之觀照、知性的批評行為。

　　三十餘年後，讀著臺灣詩學季刊社力推的「截句」，不免想起昔日閱讀和注析絕句的往事；重讀那篇導言，覺得二者在詩藝內涵上實有相通之處。但今之「截句」，非古之「截句」（截律之半），而是用其名的一種現代新文類。

　　探討「截句」作為一種文類的名與實，是很有意思的。首先，就其生成而言，「截句」從一首較長的詩中截取數句，通常是四行以內；後來詩人創作「截句」，寫成四行以內，其表現美學正如古之絕句。這等於說，今之「截句」有二種：一是「截」的，二是創作的。但不管如何，二者的篇幅皆短小，即四行以內，句絕而意不絕。

　　說來也是一件大事，去年臺灣詩學季刊社總共出版了13本個人截句詩集，並有一本新加坡卡夫的《截句選讀》、一本白靈編的《臺灣詩學截句選300首》；今年也將出版23本，有幾本華文地區的截句選，如《新華截句選》、《馬華截句選》、《菲華截句選》、《越華截句選》、《緬華截句選》等，另外有卡夫的《截句選讀二》、香港青年學者余境熹的《截竹為筒作笛吹：截句詩「誤讀」》、白靈又編了《魚跳：2018臉書截句300首》等，截句影響的版圖比前一年又拓展了不少。

　　同時，我們將在今年年底與東吳大學中文系合辦

孟樊截句

「現代截句詩學研討會」，深化此一文類。如同古之
絕句，截句語近而情遙，極適合今天的網路新媒體，
我們相信會有更多人投身到這個園地來耕耘。

【自序】

孟樊

今年（2018）5月出席由淡江大學中文系主辦的「第十屆兩岸四地當代詩學論壇」發表論文，會後和與會的白靈聊起他在推動的截句創作活動，我隨口提到，對於這一年台灣的「截句詩潮」，我有些不同的看法，當下他表示震驚，估計他沒想到我會持異議立場。當晚餐會結束，大夥兒鳥獸散後，也就沒再針對截句這一話題繼續抬槓。

出乎意料之外，大約一個月後，白靈透過臉書私訊我，竟向我邀稿截句詩作，我也二話不說一口答應，沒做它想，當是《吹鼓吹詩論壇》要製作截句專題，由他策劃並出面約稿。我想，不就幾首截句嘛，

而他給的截稿時間又在一、兩個月之後，對於交稿時間便不放在心上。直到7月下旬快接近截稿日期，他再私訊我，詢問進度如何，這才弄清楚：原來他要我寫的是一部截句詩集！這下我真的頭大了；可他也一樣頭大：因為他在之前出版的刊物上已經預告「孟樊截句」要出書了。

　　給人「開天窗」（或者食言而肥）一向不是我的作風，為此，我也只能像過河的卒子拚命向前。接下來的一周我幾近「閉關」，在家裡把舊作一一攤開，開始從當中截句創作。想不到我不辱使命，竟然一周不到的時間就「寫」出99首截句，甭說白靈，連我自己都嚇一大跳，因為這種集中（而且是短暫）時間大量創作的經驗，我從來沒有過——以後恐怕也不會再有。所以我不得不說，這本我的第六部詩集還真是「無心插柳柳成蔭」呢！

　　其實仔細一想，自己能在短暫的時間內創作出這99首截句（加上舊作為108首），背後有一些道理可循。撇除這段時間恰巧碰上暑假（所以我可以騰出

時間派給創作），更重要的原因是截句係屬「二度創
作」，也就是從自己或他人已有之作擷取其中片段以
成另一詩作，所以是對於原作的再度創作。原作是無
中生有，截句則自有中生有，而我認為，原創的無中
生有，難！衍生的有中生有，易！難做之事很難剋日
為之，而易做之事則有可能限期交差。

　　縱然二度創作看似較易為之，我卻從不對之嗤
之以鼻，事實上，從我第一部詩集《SL.和寶藍色筆
記》以迄於第五部詩集《我的音樂盒》，每部詩集裡
都收有我的「截句」詩作（「好事者」不妨按圖索驥
以循其蹤），我甚至對於截句之作有某種程度的偏
愛。理由無他，此係受到當今法國後結構主義幾位大
師的啟發。

　　譬若羅蘭‧巴特（Roland Barthes），假如我們擷
拾其說法，那麼詩之作為一種文本（text），它本身就
不像作品（work）那樣──是已完成的靜止不動的實
體，文本是活動的，是一種「生產和轉換的過程」，
它屬於方法論的領域。而就符號學的方法觀之，由符

號構成的文本，詩的所指或意旨（signified）由於始終無法確定，要解釋它（意義），便需要不斷衍伸的能指或意符（signifier）來加以補充，亦即能指的再生產是一種無窮盡的開放過程。如斯一來，一首詩作，也就是一個文本，它就不是單數的而是複數的，複數的文本來自能指的增殖和擴散。所以巴特強調，文本總是已經被寫過的，每一個文本（每一首詩）都是從無數已經被寫出的文本中，引取段落、回聲、所指物，並以其為素材編織而成，也因此每一文本便都是掉過頭來指涉由無數文本匯聚而成的海洋。我的五本詩集在我自己也匯成「文本的海洋」，除了處女作《SL.和寶藍色筆記》，後來的詩集都刻意重複收錄之前已出版詩集內的詩作，以引發其回聲或迴響。

依此看來，截句不證自明，它本身就是來自原作的回聲或迴響，所以截句還可延伸出另外的截句，出現所謂的「三度創作」——譬如我這本截句詩集第七輯中的「再截句」。我所認定的「截句」，顧名思義，只要擷取或引用自其他著作——包括作者自己或

他人，不限文類（乃至評論）──不論長短（亦即不
限四行以內）都可算是截句，所以「截句」之詩，相
對於原作，可以濃縮（從多到少），也可以擴增（自
少至多），而這也是為何我在第七輯收錄的9首截句
舊作都超過四行的緣故。

　　當然，我這樣對於截句的看法，白靈等人必然不
能苟同。截句來自中國古代近體詩中的絕句，截句即
絕句，通行的體製就是四句以內的短詩（取截為短之
義），也因此自2016年起兩岸詩壇風行的截句，定規
的行數率以四行為上限，甚至有主張不需標題者──
視為來不及起名字的短詩。不僅如此，有人還進一步
主張，截句就是四行（以內）短詩的易名，非關有
無「截取」之實，以致截句不必是「截詩」。有鑑於
此，白靈約稿的截句就是以四行為限，不能越雷池一
步──對這位有「臺灣截句教皇」之稱的白靈（實是
我送他的戲稱），我只好恭敬不如從命。正因如此，
原先第七輯我將之命名為「外輯」，係出於所收舊作
如上所述皆超過四行，不合主流體製。但後來我又從

這些「長截句」中再生四行以內截句，讓原先擬定的
外輯終於定稿為第七輯。

　　前述我曾說過，對於截句我有些「不同意見」，
這異議並非出於我反對的立場——我自己早先對於此
類創作便已經「玩」得不亦樂乎，我這所謂「玩」是
說這種手法的確像是一種遊戲（game），裡面還包
含引用、拼湊、集句等手段，擴大來說，它是一種
互文性（intertextuality）遊戲，而我經過第三部詩集
《戲擬詩》的創作與實驗，已經對是類寫作方式頗有
心得——或許這是我能在極短時間內完成這本截句創
作的另一個原因。我對於截句創作有所保留的是，作
為一個詩的次文類，不論截句能否「截詩」，它都不
會也不應是值得大張旗鼓提倡的文類。截詩之截句，
自有其奧妙之處，但和不截詩的截句一樣，均屬靈光
一閃的短詩，雖亦有其發人深省處，但也就那麼「一
點」，而這「一點」卻缺乏後續再去經營的功夫（所
以沒訂題目者更易為之，對於讀者而言這其實有些
不負責任），要成為「大作」，難矣！譬如題目是

〈夏〉，一行詩兩個字「蟬聲」或者「蛙鳴」；又或是更高深一點的題目〈生活〉，一行詩一個字「網」——那也不過靈光一閃，如此而已！

話雖如此，到了21世紀的台灣詩壇，還能興起如此的詩潮，炒出這樣的議題，讓作為一個次文類的截句躍身為主角，自有其文學史的意義；而我這本截句詩集興許還有推波助瀾之功。從另外的角度看，如此的創作方式顯示的是，迄今後現代紀元尚未至謝幕時候……所以對於這本詩集的出版，我還要偷笑呢！

孟樊
截句

目　次

輯一｜SL.和寶藍色筆記

輯四｜從詩題開始

輯五 | 我的音樂盒

輯六 ｜電影台詞截句

輯七 | 截句舊作＋再截句

SL.和寶藍色筆記

音樂

夜陷落在最深之際

背著神祕的月光

翻閱時看不清躍動過的五線譜

像妳們被吻別的軀體，婆娑

原作：〈查船手札一二〉、
　　　〈水色小簡——給SL.〉、
　　　〈感官主義傾斜——
　　　　再致美麗的哀愁〉、
　　　〈我們曾經過的溫柔——
　　　　致年輕時代的戀人〉

孟樊截句

夜來臨

將暮色點燃

到底是光　還是那影子？

黑暗仍然歸還

黑暗

原作：〈後現代的抒情——
　　　張默編《七十七年詩選》
　　　另一種讀法〉

夢

（黑貓在夜的雪地上行走）

（像隱形者的腳步）

（夢的斜波來回底搖擺）

（親愛的，你在哪裡？）

原作：〈自畫像四幅・之三〉、
　　　〈致美麗的哀愁——
　　　曾淑美〈哀愁〉讀後〉、
　　　〈霧中貓〉

寶藍色筆記本

封面是寶藍色的像精靈的膚色
頎瘦的長度則酷似我眼中所見你透明的胴體
寶藍色的女體一次又一次寫滿了我的字
從你的眼光跳到我的眼光

原作：〈SL.和寶藍色筆記〉

孤獨

孤獨是綠色的，我環坐其中：

「是有些薰香，如嬰兒肉肌般新鮮，
如草地般青翠，如木笛般清轉──
而又有些，是腐朽的、濃郁的、雄壯的」

原作：〈自畫像四幅・之一〉、〈象徵主義素描〉

□□之必要

被古典囚禁的慾望們
解放之後紛紛出籠

難免感官之必要，或者
溫柔之必要

原作：〈感官主義傾斜──
　　　再致美麗的哀愁〉、
　　　〈我的書齋〉

A Slap

遺漏的字句　彈錯的音符

像秋天剛過完的心情

突然打了我一巴掌

原作：〈我的書齋〉、〈鐘聲〉

思春

堂堂皇皇進入稠密的森林中
那一點點可愛的原始象徵
像解語的花蕾惹人憐愛

是妳一種非常好看的睡姿

原作：〈感官主義傾斜——
　　　再致美麗的哀愁〉、
　　　〈花瓶〉

子不語

除了下一場印度雨之外
....

也能覺察憂鬱和一杯冰咖啡
以一種清冷的敲打音樂呼吸

原作：〈後現代的抒情——
　　　張默編《七十七年詩選》
　　　另一種讀法〉

然

而誰來釋放那禁錮在我們體內的火焰呢？

室內獨留的一支燭火
躍昇為一彎偏斜的明月

氣若游絲底漂浮在　半　空　中

原作：〈後現代的抒情──張默編《七十七年詩選》
　　　另一種讀法〉、〈我們曾經過的溫柔──
　　　致年輕時代的戀人〉、〈海邊的落日〉、
　　　〈一座不設防的城市〉

初醒

將夜夜灌溉的愛苗

在妳初醒惺忪之際陷入

我小心翼翼佈下的美麗陷阱

把愛眩惑

原作：〈讀詩〉

做愛做的事

而我們的慾望才在這時候醒來。

「I fell to make a practical truth.」

發生這麼一椿美麗的意外事件，

連慾望也來不及收拾……

原作：〈致美麗的哀愁──
　　　曾淑美〈哀愁〉讀後〉

西廂記

最好呷一壺觀音，

把鶯鶯從線裝書裡

喚來暖酒，共讀西廂。

夜裡，我做了一個濡濕的夢……

原作：〈窗的聯想‧之一〉、

　　　〈在多雨的遲春〉

投奔自由

吃了子彈的窟窿
紅色的泡沫麕集

一聲槍響打落天空
他的生命是　海

原作：〈泗〉

花瓶

族譜是公館地攤上展覽購買慾望的妳
春天座落在妳的胸口的牡丹最最艷紅

誠然妳也不夠格稱得上黛玉型
自暴自棄將自己羸弱的體質排斥於骨董的行列

原作：〈花瓶〉

孟樊
截句

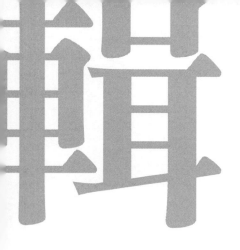

旅遊寫真

二

贈別

自泛黃的紙頁穿出

一則輕巧的如夢令綻放在

彈出的最後一闋

送別的琴音……

原作：〈西湖泛舟〉

夜讀尼姑

疑是水蔭萍喚出

端端的尼姑

兀自呢喃

木魚敲響的冷月

原作：〈紹興烏篷船上〉

普列文

然後普列文的指揮棒一揮

像小河不繫之舟

婉囀流瀉的秋光奏鳴曲

燒得遍地風流

原作：〈紐約的秋天〉

小澤征爾

小澤征爾拉高的那個音

貓一樣的銳利

蹲在劍橋的夜空

射出狡黠的晶光

原作：〈在波士頓巧遇小澤征爾〉

董其昌
——兩行打叉

董　　　　董
　其　　　其
　　昌　　昌
　　　的
　　雲　山
　　横　水
　物　　畫
塞　　　　卷

原作：〈灘江遊〉

景色

帶著鮮花怒放的色澤，
神仙一手把天國拉下──

從未想到美麗的重量，
如此令人承受不起。

原作：〈在麗江古城的屋頂上〉

秋蟬

水無聲　雲不語
只有軟弱的陽光可以垂釣
一聲蟬鳴

原作：〈冰雪松花江〉

銀閣寺

在黑白相間的琴鍵上輕敲
像喋喋不休的細雨

原來是德布西輕手輕腳
流連在餘光微溫的銀閣寺

原作：〈京都之櫻〉

COLORFUL

水色雙人舞米黃色沙灘湛藍的雷雨森綠色的午後
鼠灰發霉的心扉紅玫瑰之夢維多利亞乳白色浴缸

明早一醒汝非薇諾娜瑞德
吾亦不再李察基爾

原作：〈在民丹島SPA──偕妻同遊記〉、〈紐約的秋天〉

倒讀

弦根一的後最宙宇是線地天

原作：〈關島開門──
　　　隱文詩一首贈羅門〉

禽商

禽商那本

被倒過來看的實現超

反覆用腳思想

原作：〈與商禽在夢蓮湖〉

兩小無猜

那年我九歲她七歲

搖著最快樂的風箏

繫著童年

逃向童話的最深處

原作：〈夢中布拉格〉

蕭邦

像欲哭無淚的烏雲

在華沙公園內

蕭邦找不到他

散落遍地的休止符

原作：〈華沙臘月一日所見〉

蜜月旅行

踩在異鄉的地圖
驀地驚醒這趟蜜月旅行
在地球的那一端

沒有天光雲影共徘徊

原作：〈蜜月旅行在梵蒂岡〉

在湖畔

所有的綠都甦醒！

只見彩虹劃出的遠天，
被八方回聲漂白的遊雲
一掃歲月的陰霾。

原作：〈瑪琳湖畔唱歌〉

孟樊截句

輯二 —— 戲擬詩 ——

寫作

獨自坐在房間裡
攤開一張白紙

隔壁一句低音大提琴
從左耳擦過雨便停了

原作：〈背向大海〉

祁門紅茶

帶一點炭燒一絲焦糖的味道
從唇　從舌　從軟軟的喉管

我這死是甜蜜的
紅茶之香

原作：〈死與紅茶〉

楊喚與向明

對著剛剛升起
向明的晨曦

楊喚用一把
銀色的剪刀

原作：〈剪刀〉

• • • • • •

……漏下……漏下……漏下
……急速的……漏下

一頁正在發獸的大地！

原作：〈露水以及無調之歌〉

羅門

抬頭從窗眺望，

以遙望故鄉之姿找尋，

直至羅門在我的曠野上走失。

悠然見南山。

原作：〈曠野〉

韓劇

溫柔之必要　　肯定之必要

一點點梨花酒與山櫻花之必要

正正經經看大長今演出之必要

君非裴勇俊此一起碼認識之必要

原作：〈首爾詩抄〉

想飛

飛，來自
莊周哲學。

翅膀竟不知——
飛其實是不飛啊！

原作：〈翅膀的煩惱〉

夢與詩

夢是隱身術
詩是顯影劑

不敢入夢的
都來入詩

原作：〈夢〉

李敏勇

把世界關在外面
你要我們走出暗房
去呼吸新鮮芬芳的空氣

說是為了安全

原作：〈從有鐵柵的窗〉

切西瓜的方法

至於該從哪個部位下手？

反正就是這一把

刀，哪需要九把？

「吃了再說！」

原作：〈吃西瓜的第六種方法〉

壞情人

當初你在我耳畔喁喁低語的話，
不再令我魂牽夢繫低迴不已。

用藍波刀狠狠割斷沉沉的夜色，
我不再愛你了！我只要去造反！

原作：〈給壞情人的現代啟示錄〉

作詩

獨白的前奏是眾聲交響
寫詩的瞬間是自我的獨白

它發出時鐘似的滴答
訴說時間無形的魔影

原作：〈詩的瞬間狂喜〉

中年的愛

在妳瘦了的乳房

我這雙已經略顯粗糙的手

重新索求

是我那繾綣的愛

原作：〈古蹟修護〉

狐

分分秒秒念著：

521521……心照不宣的咒語，

緊密又紮實如妳奧秘的身體，

當披肩滑落勢如閃電……

原作：〈住在衣服裡的女人〉

書房

最後回到藏著許多詩集的書房來
翻來覆去，在乍醒著的睡眠裡

而我一直沒找著我要的那本詩集
只見夢中書房留下孤單的身影

原作：〈夢中書房〉

孟樊
截句

從詩題開始

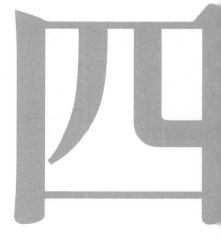

卡布奇諾

狄瑾蓀一行令人低迴的

詩句　濕濕地

在周末晚起的一杯

加糖的卡布奇諾裡

原作:〈十四歲女兒的笑聲〉

詩人公寓

覃子豪楊喚余光中鄭愁予

洛夫瘂弦張默林亨泰白萩

這是我起造的詩人公寓

大夥兒一塊住在我的書房裡

原作：〈余光中的右鄰〉

指揮棒

指揮棒是妳的筆
以交響樂團做稿紙

每回妳書寫的浪漫樂章
贈我以歡樂的結束語句

原作：〈妳的指揮棒〉

秋的象徵

秋風吹過──

然後在我的屋內
下起一場紅雨
………………

原作：〈秋風吹下紅雨來〉

兼六園

天女散花的體香

從松尾芭蕉的俳句吹來

我拍攝的十七幀寫真上

原作：〈松濤吹過兼六園〉

黃昏

在乍明還暗的天色之間

老態龍鍾的月亮
來不及把夜色舖好
就打起盹來

原作:〈暗香浮動〉、〈遺忘〉

鏡子

我從你的眼睛裡看到我的眼睛在看你的眼睛

睛眼的你看在睛眼的我到看裡睛眼的你從我

原作：〈我從你的眼睛裡看到〉

我認識的一位小說家

每個慾望都是古希臘……

原作：〈每個慾望都是古希臘〉

詩人與哲學家

一條醉舟穿行於奧秘之間，
在時間的溪澗裡任意漂流……

但時間只是我居住的
屋宇，由語言所搭建——

原作：〈回聲——韓波的呼喚〉、
　　　〈走出林中路〉

有感

遠山傳來的鐘聲

抓起的竟是一把雲

蒼白的心事

遂觀音起來了

原作：〈暗香浮動〉、
　　　〈秋風吹下紅雨來〉、
　　　〈四季‧冬〉、
　　　〈浮雲青山〉

我的書房

我的書房是一棟

會飛的圖書館；

……終於，

它停佇在我的稿紙上。

原作：〈我的書房〉

我的詩作
——之一

是一堆零件

費了好大的勁東拼西湊

終於再度站起來

高歌一曲

原作：〈走出林中路〉、
　　　〈我的詩作是一堆零件〉、
　　　〈我的陽具〉

我的詩作
──之二

我的詩是毋須睡眠的，
驀地，它嘯傲兩聲──

一點都沒有回聲。

原作：〈戴著我夜間飛行〉、
　　　〈夜讀將進酒〉、
　　　〈孤獨書寫・之三〉

情詩

尚未消失的慾望，
在夢中寫了一首濕軟的情詩，
把我的思想和感情，
統統擊潰！

原作：〈影子歌〉、
　　　〈每個慾望都是古希臘〉

琴聲

妳彈的鋼琴聲
抑揚頓挫的拍子

竟打在我的繆思上

原作：〈妳彈的鋼琴〉

孟樊截句

我的音樂盒

夢囈

是睡中不經意間
很簡短的　說溜了嘴的

像地上碎碎的
碎碎的落花

原作：〈五月〉

荷花

像操琴的神女髮髻依稀；
更似浮水觀音，
以芙蕖出水之姿颺晚霞。

哈，荷花是女人花一枝！

原作：〈六月〉

七月流火

來的是七月是流火，
七個欲醉的慾望，
想望那持瓶童子的一滴淨水
——淨化的琉璃之身。

原作：〈七月〉

七夕

在赤道的上空，
畢竟我們七度重逢——

我的牛郎，妳的織女；
妳的輕顫，我的呼與吸……

原作：〈七月〉

秋天

處女座上昇的秋天
是虞美人生病的秋天

也是我的俄國藍貓
開始咳嗽的秋天

原作：〈九月〉

致戴望舒

在這冷清又帶點喧鬧的衚衕，
我走了四十年，還沒走完……

然而，我始終沒遇著那位丁香味的姑娘。

原作：〈十一月〉

到了年底

這欲雪未雪的十二月的黃昏，
只有那麼一吋。

只生出一吋的靈感，
都這麼羸弱，令人心痛！

原作：〈十二月〉

致羅智成

在偉大走下坡的時候，
我們在觀音身上滑雪，

好麼？

原作：〈散步〉

相思

透明的雨滴是把悠遠的大提琴

將遠天流浪的浮雲

彈奏成連篇的情詩

我的體內卻接二連三下雨

原作：〈紅豆吟〉

情書

流連在一封封拆了又糊上
密密麻麻的思念
就這般將時光凍結
在我年少手寫的情詩裡

原作：〈重讀少作〉

卿卿

卿卿，妳切莫不言不語。
假如我們也像含羞草那般矜持

——滴水如何石穿？

原作：〈夜的呢喃〉

夢無夢

這一整整一個月，我那些無數的夢則像遇到瘟神似地，一個接著一個染病，消瘦，枯萎，甚至死亡。我沒得再優遊，夢已成無水的沙漠。

我已被宣告喪失夢的戶籍，裁決放逐在外。我的夢就這樣一去不回頭……這個月分，我也就成了詩的拒絕往來戶。

註：本詩原先打在A4紙上只有四行。若為直排，也是四行。
原作：〈一整個月無夢〉

台北旅遊

背包客最佳的旅行指南——
先把一〇一塗掉！

原作：〈台北最佳旅遊指南〉

錯吻

深深吻了那女郎

多曼妙的一吻將下弦月刮傷一痕

導致一本六〇年代的詩集

無法如期被付梓出版

原作：〈超現實主義者──致布勒東〉

中年的妳

夜霧穿透黯淡的黃昏
不小心來到妳的中年

有一幅不可辨認的拼圖
逐漸顯影　閃閃發著銀光

原作：〈致意象主義詩人〉

孟樊截句

電影台詞截句

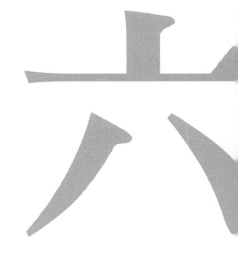

巴黎
—— 《北非諜影》

如果妳沒跟著他一塊飛走，

也許今天不會，明天也不會；

但妳將很快會後悔——

記住我們永遠擁有巴黎！

天造地設
——《西雅圖夜未眠》

妳和我是天造一對，

　　　　地設一雙，

正因我倆恰好都是神經病。

而此之謂命運也！

真愛
──《鐵達尼號》

你跳　我也跳

讓海

和我們生死相隨

只想幹一件事
——《活著》

少年去遊蕩，中年想掘藏，老年做和尚；
我現在嘛，什麼都不想。

只想好好地活著！

保鮮期
──《重慶森林》

秋刀魚會過期，肉罐頭會過期，
連保鮮膜都會過期！

如果記憶是一個罐頭，
我主保佑它永遠不要過期。

黑白鍵
——《海上鋼琴師》

手指只有十隻

鋼琴則有八十八個鍵

音樂是在有限的琴鍵上

以十指奏出無限的琴聲……

我的愛
——《生命中的美好缺憾》

有些永恆會大過其他永恆。

親愛的，
有些愛情也會大過其他愛情！

孟樊_截句

靈感
——《黑暗騎士》

瘋狂就像地心引力
只要輕推一把就夠了

而我的靈感卻一點也不瘋狂
老懸在半空中不上不下

瘟疫
——《第七封印》

那位騎著白馬的騎士

從啟示錄逕自策馬走出

將名之為愛的最黑暗的瘟疫

四處漫漶

快樂
——《艾瑪》

你快樂嗎？

世界上總有一半人不理解

另一半人的快樂。

而我一向可不怎麼快樂。

誰聰明？
──《春光乍洩》

聰明人都是未婚的，
結婚的人很難再聰明起來。

想不到再過這麼多年，
你還是比我聰明。

鳥飛
——《阿飛正傳》

沒有腳的那隻鳥只能一直飛
飛累了就在風中睡著

只有那麼一次　瀕死前
最後牠才落地

半斤八兩
──《午夜巴黎》

沒有愛或愛得不夠徹底

一樣半斤八兩

原來它倆都出自共有的

一個名字叫──懦弱

影癡
——《新天堂樂園》

在天堂裡，
「生活不是電影，電影比生活苦。」

而我始終是電影院裡的苦行僧，
一輩子不悔。

玫瑰的顏色
——《紅玫瑰與白玫瑰》

白玫瑰白得像床前明月光；

紅玫瑰紅得像心口上的一顆朱砂痣……

世上豈止這兩色玫瑰？

我愛的偏偏是香檳玫瑰！

孟樊
截句

截句舊作＋再截句

S.L.和寶藍色筆記
——羅智成截句

薄暮的黃昏，你把關了一季的落地窗打開，收拾好頑
皮的心情，養在書齋裡的精靈不聽使喚地亂竄起來。
疊滿柴可夫斯基專輯的唱機旁你預留的兩支蠟燭尚未
點燃，還有一根白色修長的指揮棒擱在黑色筆記本
上。「黑暗帶來了聰明絕頂的人，我沒見過他，必是
如此，神祕的傳承因此中斷」我剛好讀到四十八頁。
時鐘敲了六下。月色是海潮自籬圍七里香盤據的位置
漫溢過來。不點燈，黃昏像走累一天的旅者潛回去沉
睡。「我沒見過他，不曉得他到底航行過，歷史上那
些角落，不曉得他，是否出現過……」我們豢養將近

半年的精靈乖寶寶在黑暗的摸索中頡頏的從你的眼
光跳到我的眼光，側面凝睇你手寫的幾個斗大的字跡
舖成和皎潔的月色互成犄角之勢。S.L.說不喜歡夜，
而你那些精靈們卻嗜好成性。我讀的這段歷史從沒光
亮過。

「黑暗帶走聰明絕頂的人次一等的人難堪地和全世界
留在黑暗裡再次一等的人是不是自願和黑暗擁抱」聰
明絕頂的人拒絕黑暗。寶藍色的，S.L.喜歡，恰巧被
打開的夜的星幕也是這般的顏色，那，柴可夫斯基第
四號豈不也是？S.L.玩弄指揮棒一一點列精靈們，我

心中則為他們哼一首不成調而讓我們憶起復忘記的歌
（歌辭是我填的但我常常記錯）。我方特意買了本筆
記予你，封面是寶藍色的像精靈的膚色，頎瘦的長度
則酷似我眼中所見你透明的胴體。

寶藍色的女體一次又一次寫滿了我的字；其實，
S.L.你並不滿意，不滿意我愛吹噓的美學觀點，只因
你維多利亞似的涵養把那群蝌蚪樣的精靈音符一行一
行天衣無縫底依序排列在柴氏寶藍色的筆記本上。而
我始終聽不懂這群精靈的語言是我最頭痛的事，於是
我也想養殖屬於我的幾隻繆斯在你為我購置的同款式

筆記裡，邀她們彈奏豎琴給你聽，並撕去羅智成的最
後一頁——但是你不該追上來不該穿著如此奪目你使
我憂鬱因窘迫而慍怒惡意的宣傳家將曲解一切我們將
飽受訕笑僅存的愛情也破碎了……

原作：羅智成〈黑色筆記本〉

最頭痛的事
——再截句

收拾好頑皮的心情，黃昏像走累一天的旅者潛回去沉
睡。養在書齋裡的精靈不聽使喚地亂竄起來，在黑暗
的摸索中頡頏的從你的眼光跳到我的眼光。而我始終
聽不懂這群精靈的語言是我最頭痛的事，只因你維多
利亞似的涵養把那群蝌蚪樣的精靈音符一行一行天衣
無縫底依序排列在柴可夫斯基寶藍色的筆記上。

註：再截句打在A4紙上正好四行。若為直排，也在四行以內。

雪梨塔上讀詩
——陳義芝等人截句

在雪梨塔上看到陳義芝

筆下不能遺忘的遠方

有羅門第九日底流

展開一如蓉子

那隻弓背的貓乘著

葉維廉的愁渡剎那間

流至林燿德的一九九〇

再躍升為張默上昇的

風景，盤旋在周夢蝶

跏趺之孤峰頂上
舉頭連商禽的天空也
逃亡了

逃走的其實是余光中
遠在北半球的天狼星
那時楊牧的北斗行腳
尚未走到中年
俯望腳下卻是

瘂弦設下的深淵

才哼不出林泠

非現代的抒情

只見QVB霓虹閃爍

背後是洛夫的無岸之河

穿越雪梨大橋直向

林亨泰的二號風景延伸

然後是

海，以及波的羅列
從透明的玻璃帷幕中
映射出
孟樊留在雪梨塔上
上述詩人的詩句

雪梨塔上所見
——再截句

在雪梨塔上看到逃亡的天空

尚未走到中年　穿越雪梨大橋

直向無岸之河延伸　只見波的羅列

閃爍一如非現代的抒情

背向大海
——洛夫截句

千禧年的第一道曙光

攤開一張白紙

陣陣陰風從背後吹來

千里催稿

一陣鑼鼓點子般的

大麗花

我，天涯的一束白髮

這次的砲聲是來自深沉的內部

禪的味道如何？

時間，一條青蛇似的

狂風驟雨

無論如何他不是一隻好鳥

從山上

剛入夢

一隻蒼蠅

十月，我走進她

使我驚心的不是它的枯槁

晚鐘敲過了
我是那飲馬的漢子
門敲過了

我是水
在我實際的經驗裡
櫓聲欸乃
撩起褪了色的酒招
一路行來火車開了
雪說的話並不冷

檐下滴答之聲

人散了

剪草機走過的墓地

秋，乃一美好之存在

遠方

隔壁一句低音大提琴

從左耳擦過雨便停了

沿著水涯行走

我從牠的瞳孔裡

當年，一隻迷路的耗子

他舉起刀而我舉起筆

那年在風陵渡

虱子們

石頭罵我

路人抬頭仰望

他習慣在沙灘上寫信

透過一個鑰匙孔

略帶病容

一襲寬大而空寂的袈裟

獨自坐在房間裡

慧能玩膩了鐘磬木魚

不是躑躅

船在河上行走

人間四月天

璀璨耀眼的晚霞有許多名字

原作：洛夫《背向大海》

攤開稿紙
——再截句

狂風驟雨，千里催稿。
攤開一張白紙，一條青蛇似的時間，
使我驚心的不是它的枯槁⋯⋯

這次的砲聲是來自深沉的內部！

曠野
——羅門截句

我的視線在羅門的曠野上

行走，聯想中的光景——

餐廳咖啡廳地攤

露背裝迷你裙瘦美人

——從都市的旋律中逃

而且痛，彷彿自焚者的告白

合演樹鳥二重唱

山與海之醉只是三十年前

那只火車牌手錶的幻影

還不如目下的垃圾車與老李
實在，飲茶無茶意
　　　喝咖啡亦缺咖啡情
只能速寫詩人之死的一幅素描
以遙望故鄉之姿找尋
歲月的兩種樣子──
一種是野馬
另一種是雲
心靈的疊景自此始逐漸浮現

直至羅門在我的曠野上走失

抬頭從窗眺望

悠然見南山

原作：羅門《曠野》

逃出都市之後
──再截句

在羅門的曠野上行走，
從都市的旋律中逃，
而且痛，彷彿自焚者的告白──
只能速寫詩人之死的一幅素描。

不如歌
——白靈截句

抓狂的有，不如平靜的無

捲熱而逃的淚水，不如坐等升溫的露珠

挺出紅心的箭靶，不如猛射亂放的箭矢

擁老鷹一隻，不如養鴿子三千

被啄，不如被吻

原作：白靈〈不如歌〉

吻
——再截句

被吻，

不如捲熱而逃的淚水……

不如平靜的無——

在蒙馬特讀腹語術
──夏宇截句

讓我把你寄在行李保管處

在牆上留下一個字

下午茶

開始

秋天的哀愁

在另一個可能的過去

當傾斜的傾斜重複的重複

時間如水銀瀉地

乃悟到達之神祕性

在命定的時刻出現隙縫

背著你跳舞

嚇啦啦啦

逆風混聲合唱給ㄈ

我確實在培養著新的困境

記憶

齟齬

莫札特降E大調

在陣雨之間

詠田園

詠物

一些一些地遲疑地稀釋著的我

在港口最後一次零星出現

而他說6點鐘在酒館旁邊等我

我在巴黎夏宇住過的蒙馬特讀

她的腹語術目錄

上述順序像街頭那位大鬍子

畫家的臉

非常的藍調

原作：夏宇《腹語術》

下雨
——再截句

在陣雨之間
齟齬莫札特降E大調
時間如水銀瀉地
開始秋天的哀愁

輕盈・之一
——電影截句

一架滑翔翼

從遮蔽的天空

輕輕落在

西雅圖的

夜未眠

夜未眠
——再截句

西雅圖的夜未眠

輕輕落在

遮蔽的天空

未來是一隻灰色海鷗
——普拉絲截句

在寒冬我將妳的十四行詩

拆解，只聽到星球傲慢的回聲

遮蔽了滾燙的陽光

妳召喚撒旦直到所有的鐘都停止擺盪

那是末兩行以詩歌施行的巫術

連創傷也不給結痂

然後再前四行在廣角鏡頭

逆光中出現的蛇如尖塔

匍匐於舊約的伊甸園裡

烙下妳為闇黑的他創製的火焰形象

啊！火焰形象的上一段

已把上帝光亮的照片變作陰影

遮蔽的正是妳在晌午布置的美好字句

如此奚落，又這般乾淨

但潔白的天使哪裡去了？

在首四行暗室的一隅有月蝕的光

快門按不下祂們的明亮

攝下的卻是我為妳寫的瘋狂

我寫妳的憂思寫妳的伊底帕斯

寫妳的青春妳的才情

寫妳的哀歌妳的死亡之舞

妳憤怒的琴聲不安的繆斯

妳在冬天醒來的詩，說

未來是一隻灰色海鷗……

原作：希薇亞・普拉絲
　　　（Sylvia Plath）
　　　〈致撒旦：十四行詩〉

女詩人之死
——再截句

以詩歌施行的巫術，

烙下妳為闇黑的他創製的火焰形象，

把上帝光亮的照片變作陰影——

只聽到星球傲慢的回聲……

再吟紅豆詩
——王維截句

我依舊在水一方

可人的蘆葦搖曳著

溪洲潺潺的氤氳輾轉

流來夏蟬悠長的鳴聲

「紅豆生南國」

終於把我從摩詰的詩篇裡

喚回這一丁點情思

這一丁點情思

來自遙遠南方的國度

等到春天就要和百花爭艷
飽滿我周身靈敏的感官
當眼眸翻開那緋紅的詩句
赫然發現「春來發幾枝」
讓視覺聽覺與嗅覺彼此去撞擊
妳一再的沉默

是誰弔唁我的哀傷？
我的腦海內此刻
正舉行一場迷茫的葬禮

只見起風的秋日

糾纏著白頭的芒草

如何「願君多采擷」？

那是另外我們不能卒讀的往事

如果晶瑩的細雪下在我

這些凌亂不堪的思緒

冬日午夜思妳

說多年前遺贈的紅豆

此物最相思

唉，只堪成為──

此生無法磨滅的標本

原作：王維〈相思〉

孟樊_截句

相思
——再截句

當眼眸翻開那緋紅的詩句，
腦海內此刻正舉行一場迷茫的葬禮，
說多年前遺贈的紅豆：
如何「願君多采擷」？

語言文學類　截句詩系22　PG2136

孟樊截句

作　　者 / 孟　樊
責任編輯 / 鄭夏華
圖文排版 / 周妤靜
封面原創設計 / 許水富
封面設計 / 蔡瑋筠

發 行 人 / 宋政坤
法律顧問 / 毛國樑　律師
出版發行 / 秀威資訊科技股份有限公司
　　　　　114台北市內湖區瑞光路76巷65號1樓
　　　　　電話：+886-2-2796-3638　傳真：+886-2-2796-1377
　　　　　http://www.showwe.com.tw
劃撥帳號 / 19563868　戶名：秀威資訊科技股份有限公司
　　　　　讀者服務信箱：service@showwe.com.tw
展售門市 / 國家書店（松江門市）
　　　　　104台北市中山區松江路209號1樓
　　　　　電話：+886-2-2518-0207　傳真：+886-2-2518-0778
網路訂購 / 秀威網路書店：https://store.showwe.tw
　　　　　國家網路書店：https://www.govbooks.com.tw

2018年9月　BOD一版
定價：280元
版權所有　翻印必究
本書如有缺頁、破損或裝訂錯誤，請寄回更換

國家圖書館出版品預行編目

孟樊截句 / 孟樊著. -- 一版. -- 臺北市：秀威
　　資訊科技, 2018.09
　　　　面；　　公分. -- (語言文學類；PG2136)
(截句詩系；22)
　　　BOD版
　　　ISBN 978-986-326-595-5(平裝)

851.486　　　　　　　　　　107014554

讀者回函卡

感謝您購買本書,為提升服務品質,請填妥以下資料,將讀者回函卡直接寄回或傳真本公司,收到您的寶貴意見後,我們會收藏記錄及檢討,謝謝!

如您需要了解本公司最新出版書目、購書優惠或企劃活動,歡迎您上網查詢或下載相關資料:http:// www.showwe.com.tw

您購買的書名: _____

出生日期: _____ 年 _____ 月 _____ 日

學歷:□高中 (含) 以下　　□大專　　□研究所 (含) 以上

職業:□製造業　□金融業　□資訊業　□軍警　□傳播業　□自由業
　　　□服務業　□公務員　□教職　　□學生　□家管　□其它_____

購書地點:□網路書店　□實體書店　□書展　□郵購　□贈閱　□其他

您從何得知本書的消息?

　□網路書店　□實體書店　□網路搜尋　□電子報　□書訊　□雜誌

　□傳播媒體　□親友推薦　□網站推薦　□部落格　□其他_____

您對本書的評價:(請填代號　1.非常滿意　2.滿意　3.尚可　4.再改進)

　封面設計____　版面編排____　內容____　文/譯筆____　價格____

讀完書後您覺得:

　□很有收穫　□有收穫　□收穫不多　□沒收穫

對我們的建議: _____

_____

_____

_____

11466
台北市內湖區瑞光路 76 巷 65 號 1 樓

秀威資訊科技股份有限公司　　　收

BOD 數位出版事業部

....

（請沿線對折寄回，謝謝！）

姓　　名：＿＿＿＿＿＿＿＿＿　年齡：＿＿＿＿＿　性別：□女　□男

郵遞區號：□□□□□

地　　址：＿＿＿＿＿＿＿＿＿＿＿＿＿＿＿＿＿＿＿＿＿＿＿＿

聯絡電話：(日) ＿＿＿＿＿＿＿＿＿　(夜) ＿＿＿＿＿＿＿＿＿＿

E-mail：＿＿＿＿＿＿＿＿＿＿＿＿＿＿＿＿＿＿＿＿＿＿＿＿